여름에 더 좋은 소설

✦ ✦ ✦ ✦ ·

여름에 더 좋은 소설

WATER
PROOF
BOOK

✦ ✦ ✦ ·

민음사

"책을 정말 많이 읽겠네요. 한 달에 몇 권이나, 아니 1년에 몇 권이나 읽으세요?" 편집자들이 많이 받는 질문입니다. 헤아려 본 적은 없지만 정말 많이 읽기는 합니다. 당연하죠. 직업이니까요. 아직 책이 아닌 글, 책이 되려는 글, 이미 책이 된 글… 그런 모든 글들을 읽고 또 읽는 게 책 만드는 삶의 기본이니까요. 하지만 이런 식의 읽기 '자체'가 개인적인 차원에서의, 실존적인 차원으로서의 진짜 독서는 아닌 것 같습니다.

"독서에 진짜 독서가 있고 가짜 독서가 있단 말이야?" 의아해하는 목소리가 여기까지 들리는 것 같네요.

독서는 '읽기'를 통해 이뤄지지만 '읽기'가 독서의 전부는 아닙니다. 직업으로서의 읽기는 노동에서 그치기 쉽습니다. 저는 그 읽는 노동을 통해 돈을 벌고 살아갑니다. 솔직히 노동이 늘 즐거울 수는 없습니다. 삶은 고단하고 고통스러우니까요. 보람도 있고 가치도 있지만, 그래서 더 힘겨울 때가 많습니다. 유별난 소리가 아니라, 직장생활의 당연한 현실이죠. 누구나 그럴 겁니다.

반면, 진짜 나만을 위한 독서를 하게 되면 바람 잘 드는 숲속을 산책하듯 몸과 마음이 회복되는 것을 느낍니다. 이때의 회복은

지식을 습득하는 것과는 좀 다릅니다. 노동으로서의 읽기와도 다릅니다. 오롯이 즐기는 독서는 책의 내용은 물론이려니와 그 책의 물성 자체, 한 페이지 한 페이지를 사각사각 넘기며 느끼는 데서 오는 말할 수 없는 평안을 줍니다. 독서는 마음의 양식이라고 하지만, 제 생각에 독서는 마음의 치료제에 더 가깝습니다. 안다는 것과 깨닫는 것은 다르고 전달받는 것과 느끼는 것은 다릅니다. 알고 전달받는 독서는 깨닫고 느끼는 독서의 부분집합이고요. 노동으로서의 독서에서 벗어나 쉼으로서의 독서를 할 때, 우리는 우리를 지치게 하는 모든 피로들로부터 벗어납니다. 깨닫고 느끼며, 차원이 다른 방식으로 회복됩니다.

　여름에 읽으면 더 좋을 시와 소설을 묶었습니다. 더위, 열대야, 장마, 능소화… '여름'이라는 계절이 떠올리게 하는 작품들이 여기 다 있습니다. 방학, 휴가, 산책, 여행… '여름'이라는 낭만이 떠올리게 하는 작품들도 있고요, 바다나 계곡처럼 파란 물의 이미지가 손짓하는 작품들도 있습니다. 박솔뫼의 단편소설 「원준이와 정목이 영릉에서」는 중학생 1학년이었던 원준이와 정목이가 그해 여름, 계곡에 갔던 이야기를 추억합니다. 20년 전, 원준이는 도대

체 무슨 생각으로 계곡에서 집까지 맨발로 걸어온 걸까요. 풀 냄새, 나무 냄새, 물소리, 나뭇잎 흔들리는 소리로 가득한 신비로운 풍경이 잠든 우리 유년을 깨웁니다. 이유리의 단편소설 「비눗방울 퐁」은 "나 오늘 비눗방울 되는 약 먹었어."라는 말로 시작되는 이별의 기록입니다. 세상에서 사라지고 싶다던 연인은 기어이 비눗방울이 되기로 결심합니다. 그는 점차 가벼워지고 희미해지다 어느 순간 퐁, 흔적 없이 사라지겠죠. 그러나 헤어짐이 예비된 연인들은 이별의 분위기 속에서도 산뜻하고 청량한 하루를 보냅니다. 그 가벼움에 답답한 마음이 펑, 뚫리는 건 왜일까요.

우리는 겨울에 깊어지고 여름에 성장합니다. 일할 때 깊어지고 놀 때 성장하죠. 1년에 딱 한번 선보이는 '워터프루프북'은 놀면서 성장하고 싶은 이들을 위한 여름의 책입니다. 물에 젖고 땀에 젖는 여름이지만 이 책만은 물에도 땀에도 젖지 않습니다. 물에서 더 뽀송하고, 땀 흘리며 더 쾌적하게 읽을 수 있는 유일한 책. 한 페이지 한 페이지를 찰방찰방 넘기며 점점 더 행복해하는 여름의 나날을 마음껏 누려 보시길 권합니다.

편집부 드림

차례

• 박솔뫼   원준이와 정목이 영릉에서   11
• 이유리   비눗방울 퐁   31

원준이와 정목이 영릉에서

박솔뫼
장편소설『도시의 시간』『미래 산책 연습』, 소설집『우리의 사람들』등이
있다.

해장국집 아주머니가 원준이에게 보리차가 든 컵을 건넸다. 원준이는 조심스럽게 컵을 받아 시원한 보리차를 마셨다. 아주머니는 어디서부터 걸어왔느냐고 물었다. 원준이는 계곡에서부터 걷다가 중간에 히치하이킹을 해서 영릉 근처까지 차를 얻어 타고 왔다고 했다. 아주머니는 왜 계곡에서부터 걸어오게 되었는지 계곡에는 뭘 타고 갔는지 물었는데 원준이는 목이 말라 물을 더 마시고 숨을 고른 후 이야기를 하기 시작했다.

원준이가 물을 마시는 사이 아주머니는 부엌으로 가 참외를 가지고 오셨다. 아주머니는 원준이의 이야기를 들으며 참외를 깎아 주셨다. 아주머니는 참외를 먹고 원준이에게도 먹으라고 건네주었다. 아주머니가 원준이에게 가게에 들어오라고 한 것은 조금 앉아서 쉬고 가라고 한 것은 원준이가 가게 앞에서 지친 얼굴로 앉아 있었기 때문이었다. 덥고 지치고 힘이 없고 돈이 없어 보이는 열두 살쯤 되어 보이는 까맣고 마른 원준이. 어떻게 집에 돌아갈지 막막해 보이는 원준이. 그런데 원준이는 아주머니의 걱정과는 다르게 괴롭거나 힘들지 않았다. 원준이는 편안한 마음으로 별다른 걱정과 불안 없이 걷다 쉬다 다시 천천히 걷고 또 걸어서 이곳까지 왔다. 원준이는 아주머니에게 친구와 친구 아버지와 계곡에 낚시를 하러 갔었다고 이야기를 하기 시작하였다.

정목이는 원준이에게 전화를 걸어 같이 계곡에 가서 낚시를 하자고 하였다. 원준이는 좋다고 하였다. 하늘은 파랗고 구름은 하얗고 각각이 선명한 색이었다. 원준이는 그 색들을 팔레트에서 물감으로 만들 수 있었다. 어떤 색이었는지 물감들 사이에서 고를 수 있고 고를 수 없다면 물감들을 섞어서 만들 수 있었다. 파란색이 어떤 파란색인지 그것이 어제 하늘의 색과 어떻게 다른지 설명할 수도 있었다. 정목이의 아버지는 세탁소를 했다. 원준이는 예전에 엄마의 심부름으로 옷을 맡기러 정목이의 아버지가 하는 세탁소에 가 본 적이 있었다. 그때 세탁소의 냄새는 그리고 지금의 구름과 햇빛의 냄새는. 원준이와 정목이는 정목이 아버지의 다마스를 타고 계곡으로 향했다. 선명한 햇볕이 창으로 쏟아지고 팔은 조금 따가웠다. 정목이의 아버지는 듣는 것과 말하는 데에 어려움이 있었다. 정목이와 원준이는 조금씩 떠들다가 잠이 들었다.

낚시를 하면? 물고기를 잡는 거지? 물고기를 잡으면? 낚싯바늘을 빼고 토막을 내서 그것을 먹는 거지? 물고기에게는 피가 나온다. 원준이는 눈이 보이고 입을 뻐끔거리는 물고기를 가까이서 보는 것은 무섭고 싫었는데 그런데 계곡에 가는 것은 좋았고 물소리를 듣고 나무를 보는 것이 좋았다. 낚시는 구경만 하고 돌 위에 누워 있을 것이다. 눈을 감으면 눈을 감앉다 떴다 하는 물고기들이 점점 커져서 원준이를 쳐다보고 원준이는 고개를 돌리고 돌리고 또 돌리고 주변의 세계를 여러 번 돌리고 자신이 스스로 몸도 몇 번 돌려서 그곳을 빠져나왔다. 뭔가를 주울 수도 있다. 다슬기를? 다슬기를 주울 수 있다. 그리고 우렁이를? 가재를? 돌과 장수하늘소를 솔방울을. 열쇠고리를 반지를.

떠다니고 울리고 쏟아지는 소리들. 물 흐르는 소리 발이 돌을 밟는 소리 바람이 나뭇잎을 지나는 소리 매미 매미가 울고 그런데 원준이도 정목이도 말수가 적었다. 둘은 조금 떠들다 잠이 들었고 잠에서 깨니 다마스는 이미 계곡 입구에 멈춰 있었다. 둘은 다 왔다고 조용히 터뜨리듯 말하고 할 일이 있을지 살폈다. 정목이의 아버지는 짐을 내리고 있었다. 원준이와 정목이도 일어나 의자와 손잡이가 달린 양동이를 챙겼다. 혹시 몰라 입고 온 잠바를 차에 놓고 운동화도 벗어 두고 양말도 벗어 운동화 안에 두었다. 낚싯대는 정목이의 아버지가 들었다. 각자 챙길 것을 챙기고 정목이는 아버지를 따라가다가 아버지의 팔을 치고 얼마나 걸어야 하는지 묻고 정목이의 아버지는 손짓으로 말하고 눈앞으로 난 길을 가리켰다. 원준이는 나무의 색깔이 예쁘다고 생각했고 고동색 등껍질을 가진 벌레가 나무 위로 올라가고 있었다. 벌레는 잠시 멈춰서 원준이를 보다가 다시 올라갔다. 벌레는 잠시 멈췄다가 다시 올라가고 또 한 번 멈추었다. 그런데 말이야. 무슨 벌레기에 벌레의 시선을 느끼니? 벌레는 더듬이만 움직인다. 원준이는 벌레가 자신을 보는 것도 알고 벌레는 더듬이만 움직이는 것도 알고 있었다.

정목이의 아버지 정목이 원준이가 계곡을 향해 걸었다.

정목이의 아버지가 성큼성큼 앞서 걸었고 정목이 아버지의 뒤를 정목이와 원준이가 나란히 따라 걸었다. 그런데 그 뒤를 따르는 것은? 정목이와 원준이가 정목이 아버지를 따르는 것처럼 정목이와 원준이를 따르는 것이 있었는데. 뒤를 돌아보면 알 수 있겠지만 뒤를 돌아보지 않았다. 햇빛과 선명한 파란색의 하늘은 그대로이고 그것은 어느 다른 날의 햇빛과 하늘과 구름과 같다. 그 뒤를 따르는 것은. 어느 날은 뒤를 돌아보았는데 그날은 뒤를 돌아보지 않았다.

　20분쯤 걸어 계곡에 도착했다. 세 사람이 걸었던 시간은 20분쯤이 맞을까 귀를 채우는 물소리 물이 돌을 지나는 소리 선명한 나뭇잎 색 그 사이로 햇볕이 있다. 얇고 가늘게 지나가는데 어떤 곳에서는 넓고 선명하게 펼쳐진다. 왜 잠자리가 날아갈까 가을이 아니고 초여름이다. 소리로 가득한 곳으로 소리가 소나기처럼 쏟아지는 곳으로 점점 더 들어가는데 시끄럽다는 생각은 들지 않고 조용한 곳으로 점점 더 조용한 곳으로 향하는 기분이 들었다. 정목이가 원준이를 보고 한 번 웃었다. 정목이가 신나서 갑자기 막 뛰었다. 그리고 다시 걸었다. 차에서 내릴 때부터 계곡에 가는 것에 들뜨고 신난 정목이의 뒤를 얇고 가는 바람이 따라갔다. 정목이의 아버지는 짐을 내려놓고 혼자서 더 멀리로 가 자리를 잡았다. 정목이와 원준이는 바위가 넓고 물이 무릎 정도 오는 곳에 앉았다. 고개를 돌려 앞을 보았을 때 정목이의 아버지가 입은 하늘색 티셔츠가 멀리 동전 크기로 보였고 원준이는 그것이 어딘가에 맺힌 빛처럼 보였다. 물방울 위로 빛이 지나가고 그것이 반사되어 흰벽에 비친 하늘색 빛.

물은 차갑고 기분 좋게 시원했다. 몇 걸음 더 옮기자 물은 힘차게 쏟아지고 가까운 물소리 먼 물소리 함께 들렸다. 돌을 들추니 가재가 나왔다. 정목이와 원준이는 가재를 잡고 가재를 보고 손 위에 올려서 가재가 움직이는 것을 좀 더 보다가 놓아주고 또 다시 돌을 들추어 가재를 잡고 가재를 가지고 놀다가 정목이는 뭐가 있는지 보고 온다고 아버지가 갔던 곳의 왼쪽으로 아버지 같은 걸음걸이로 성큼성큼 걸어갔다. 원준이는 넓은 바위 위에 누워서 쏟아지는 소리들을 들었다. 크고 까만 개미들이 바위 위 흙과 풀 사이를 지나갔다. 개미들은 자기들끼리 뭐라고 뭐라고 계속 말을 하며 지나갔다. 뭐라고? 뭐라고 했지?

정목이는 웃으며 돌아와 똑같다고 말했다. 저기도 똑같애. 여기랑 똑같애. 정목이는 원준이와 떨어져 좀 더 넓은 바위에 가 누웠다. 한참을 누워 있던 그런데 한참이었을까 두 사람은 다시 물속에 뭐가 있나 돌들을 뒤집어 보고 풀을 꺾고 풀을 계곡에 버렸다. 정목이는 아버지에게 다녀오겠다고 했다. 동전 크기의 하늘색 빛 흔들리는 빛을 생각했다. 원준이가 이전에 정목이 아버지가 걸어갔던 방향으로 고개를 돌렸을 때 하늘색 빛은 이제 사라지고 없었고 정목이가 그 방향으로 성큼성큼 걸어가고 있었다. 정목이는 흰 티셔츠를 입고 있었다. 정목이의 뒤를 따르는 것은 희고 큰 빛의 반짝임이었다. 말을 하던 개미들은 모두 사라지고 없었다. 개미들은 과자 부스러기를 옮기고 있지 않았다. 차도나 길가에서 보이는 개미들은 늘 흰 점 같은 부스러기를 바쁘게 옮기고 있었다. 방금 본 개미들은 아무것도 옮기고 있지 않았다. 크고 완전히 검정색인 개미들이었다. 원준이는 일어나 나무를 만져 보았다. 나무를 만진 손에서는 이끼 냄새 같은 것이 희미하게 났다. 나무껍질을 벗겨 보았다. 하나 더 벗겼다. 원준이는 껍질을 만지작거리고 긁어 보다가 바닥에 버렸다. 하나는 멀리 던졌다. 가벼운 나무껍질은 떨어질 때 아무런 소리가 나지 않았다. 원준이는 귀를 기울였으나 소리는 들리지 않았다. 한 번 더 던지고 다시 한 번 더 던졌을 때 나무껍질이 떨어지는 소리를 들을 수 있었다.

아버지가 갔어.
갔다고?
응 집에 갔어.

원준이와 정목이는 바위에서 좀 더 쉬면서 물 묻은 발을 말렸다. 바위에 두 사람의 발자국이 찍혔다 사라졌다. 물기가 남긴 흔적은 금방 사라졌다. 발을 말리고 처음 이곳으로 들어왔을 때 들리던 온몸으로 쏟아지던 소리들을 떠올렸다. 그 소리들은 변함이 없었으나 어느새 그 소리가 전혀 들리지 않는 것처럼 그러나 떠올리면 여전한 소리로 쏟아지고 있었다. 발이 마른 원준이와 정목이는 다시 차를 주차한 곳을 향해 걸었다. 정목이는 가끔 아버지가 급한 일이 생각나거나 할 일이 생각나면 말을 하지 않고 먼저 간다고 말했다. 설명을 하려면 사람들을 붙잡고 종이에 쓰거나 수화를 해야 하는데 그러기 전에 간다고 했다. 살펴보아도 정목이네 차는 없었고 정목이와 원준이는 왔던 방향으로 걷기 시작했다. 발등 위로 여전한 햇볕이 쏟아졌고 원준이는 발등이 따뜻하다고 생각했다. 자갈만 한 돌들을 밟으며 걸었다. 정목이와 원준이를 따르는 것은 어떤 공기와 바람들. 그 뒤를 따르는 것은? 무엇이지? 그 뒤를 따르는 것은. 그런데 너는 어디서 왔니 등이 검고 배가 하얀 고양이가 두 사람에게 비키라는 듯이 빠르게 가로질러 다다닷 지나갔다. 그 뒤를 따르는 것은 고양이.

고양이.
아 고양이다.
고양이 지나갔다.

원준이와 정목이는 고양이 고양이다 외치듯 주고받았다. 고양이는 금세 갈 길을 갔다. 두 사람은 걷다가 보이는 차들을 향해 손을 흔들었다. 한두 번 손을 흔들어 보았지만 잡히지 않아 자리에 앉아 잠시 쉬었다. 정목이는 배고프다고 말했다. 원준이는 아침에 과자를 많이 먹었지? 왜 과자를 많이 먹었지? 아침을 먹고 칸초를 먹고 감자깡을 먹어서 정목이를 만나서도 배가 안 고팠다. 그런데 곧 배가 고플 것이다. 고개를 돌리자 저 아래로 아까 그 고양이가 두 사람을 돌아보았고 아 고양이 아까 그 고양이 외치자 다시 고개를 돌려 자기 갈 길을 갔다. 고양이를 따르는 것은 고양이의 길 고양이의 갈 길이었다. 배가 고프다던 정목이가 가볍게 풀썩 하고 앉는 것이 아니라 풀썩 하고 가볍게 일어나 다시 손을 흔들었고 오래된 회색 승용차를 운전하는 아저씨가 둘 앞에 멈춰 타라고 하였다.

영릉까지밖에 안 가는데.
영릉 좋아요.

고맙습니다 말하며 둘은 뒷좌석에 나란히 앉는다. 아저씨도 말이 없고 한동안 차 안은 조용했는데 정목이가 나서서 계곡에 놀러갔다가 돌아오는 차가 없어서 걷고 있었다고 말했다. 저희는 같은 반이에요. 여러 가지 것을 설명하였다. 아저씨는 계곡은 지금 안 가면 장마가 오니까 지금 가는 것이 맞고 지금 가서 노는 것이 좋다고 말했다. 발바닥에 작은 자갈이 박혀 있었다. 너희는 초등학생이니 아니요 중학생이요 중학교 1학년이에요. 작아서 초등학생들인 줄 알았다. 영릉은 세종대왕릉이다. 원준이와 정목이는 영릉에 자주 갔다. 지나가면서 영릉을 많이 보았다. 봄에 영릉에 가면 넓고 환해서 원준이는 영릉을 좋아했다. 마음이 편안해지는 곳이었다. 영릉에 들어가면 입구 근처의 연못에 사는 잉어들이 먹이를 먹는 것을 무섭도록 힘차게 움직이는 것을 보았다. 정목이네 아버지는 낚시를 해서 물고기를 잡았을까 정목이는 집에 가서 아저씨가 잡은 물고기로 끓인 매운탕을 먹게 될까 우리가 어디까지 했고 어디서부터는 하지 않았을까 하지 못한 것일까 아니면 시작한 적도 없고 정말로 아무것도 한 것이 하고자 한 것이 없는 것일까 어쩌면 정목이 아버지는 어디까지는 했는데 정목이 아버지는 했지만 우리는 하지 않은 것일까 생각했다. 하지 않은 것 하지 못한 것 언제 시작되었는지 모르는 것은 함께한다 언제나.

정목이는 영릉에 도착하기 전에 그 근처에서 먼저 내려서 가겠다고 말했다. 야 내가 운동화랑 갖다 줄게 내일. 정목이는 내리면서 말했다. 뒤돌아서 걷는 정목이보다 승용차가 먼저 사라지고 아저씨는 눈이 부신지 선글라스를 셔츠 포켓에서 꺼내 썼다. 회색 승용차 아저씨는 영릉에서 원준이를 마저 내려 주었다.

　　나는 영릉에서 약속이 있어서.

　　원준이는 고개를 숙여 인사를 하고 영릉 안으로 사라지는
검은색 셔츠를 입은 아저씨의 등을 보았다. 영릉에서 약속을 하
고 사람들을 만나기도 하는구나. 아저씨의 등은 검은 작은 점이
되어 사라져 갔다. 영릉에서 약속이 있는 아저씨는 영릉으로 사
람을 만나러 갔다. 그곳에는 세종대왕릉이 있고 잉어가 있고 영
릉에 가는 사람들은 그것을 보았다. 원준이는 늘 영릉이 좋았
고 이번에도 영릉에 가고 싶었으나 왠지 바로 집으로 가야 할
것 같아 읍내 방향으로 걸었다. 그보다는 영릉으로 바로 들어가
면 아저씨를 쫓아가는 것 같았기 때문에 그런 이유로 오늘은 영
릉으로 가지 않고 집으로 향했다. 검은색 셔츠를 입은 아저씨는
갈색 자켓을 입은 여자를 만나 영릉을 걸었다. 영릉은 언제나처
럼 아름다웠고 푸른 잔디 위로 해가 비추었다. 그래서 능을 보
는 이들에게 환하고 차분한 마음을 갖게 하였다.

　　정말로 명당인 것 같아요.
　　가장 좋은 곳을 골라서 묻힌 거예요 그러니까. 한국에서
가장 터가 좋은 곳.
　　여기서 일하면 매일 좋은 곳을 볼 수 있겠네요.
　　그렇겠죠. 일을 하면 또 이렇게 가끔 오는 거랑 다를 거예
요 그런데.

　　두 사람은 멀리 보이는 능을 보며 이곳은 언제 제초를 하

고 풀을 다듬을까. 매일 누군가가 돌보겠지 생각했다. 풀은 신선하고 생생한 녹색이었고 건강해 보이면서도 가지런히 다듬어져 있었다. 하늘은 선명한 파란색이고 구름은 선명한 흰색. 그 아래 능의 풀색은 짙은 연두색이었다. 햇볕은 보자기처럼 능 위로 펼쳐졌다. 가장 좋은 곳 왕은 가장 좋은 곳에 묻혔다. 당연한 이야기처럼 여겨졌지만 잠깐 달리 생각하면 가장 좋은 곳이 누군가의 무덤으로 쓰이는 것은 아무래도 조금 이상한 것 같기도 했다. 가장 좋은 곳에는 사람들이 오갈 수 있거나 누군가가 살 수 있어야 하지 않을까. 그렇다면 영릉은 가장 좋은 곳은 아니고 꽤 좋은 곳 정도일까 아니 정말로 가장 좋은 곳에 왕은 묻힌 걸까 생각하며 두 사람은 잉어 먹이를 사서 잉어에게 주었다. 잉어들은 무섭게 몰려들었고 힘차게 움직였다. 물비린내를 풍기며 무섭도록 생생하고 힘찬 움직임을 하는 잉어들을 보다가 고개를 돌리다가 남은 먹이를 다 던져주고 둘은 다시 능을 향해 걸었다.

　여기 서 보세요.

　남자는 여자를 붉은 기둥 옆에 서 보라고 하고 사진을 찍어 준다. 여자도 남자를 찍어 주고 둘은 천천히 능을 향해 이곳에는 왕의 능과 왕후의 능과 왕과 왕후가 함께 묻힌 능이 있다. 능을 향해 걸었다. 영릉은 그곳에 무엇이 있나 확인하는 것처럼 보기만 한다면 금세 다 봐 버릴 수 있지만 천천히 있고자 한다면 아주 오래 햇볕이 쨍쨍하다고 느끼다가 해가 진다고 놀라고 조금 쌀쌀하다고 느낄 때까지 아주 오래 그곳에 있을 수 있다. 남자와 여자는 천천히 능 앞으로 가 자신들의 이야기를 하고 능과 능 사이 난 길을 나무 냄새를 맡으며 걸을 것이다. 그리고 나중에는 김치 만두를 먹으러 가기로 했다.

정목이는 이모네로 가서 벨을 눌렀다. 이모는 기다렸다는 듯이 바로 나와 문을 열어 주었다. 어머 혼자 왔어? 맨발이네. 정목이는 발을 닦고 이모가 주는 주스를 마시고 소파에서 텔레비전을 보다가 잠이 들었다. 소파 위에 눕자 스위치를 누른 것처럼 깊은 잠에 빠져들어 코를 골며 잠을 자는 정목이. 잠에서 깨서 사촌들과 피자를 시켜서 먹고 이모가 운전하는 차를 타고 집으로 돌아왔다. 정목이는 집에 들어가 씻고 다시 잠을 잤다. 침대로 들어가 작은 몸을 이불 안으로 쑥 집어넣은 것처럼 이불을 머리까지 덮고 깊은 잠에 빠져들었다. 정목이는 저녁에 엄마가 돌아오시기 전까지 깨지 않고 코를 골며 잠을 잤다.

원준이는 영릉을 지나 조금 더 걷다가 초여름의 햇빛은 선명한 그늘을 만들고 선명한 그늘과 선명한 햇빛. 선명한 그늘 아래를 걷다 왠지 졸려서 해장국집 앞에 앉아 졸았다. 잠깐이지만 앉아서 고개를 숙이자 금세 잠이 들었고 잠이 들기 직전 오늘 하루의 시작이 떠올랐다. 아침에 과자를 먹었던 것이 아주 먼일처럼 느껴졌다. 원준이가 먹었던 것은 양배추와 쌈장과 고등어와 밥 그리고 김치와 멸치볶음. 사이다를 마시며 칸초와 감자깡도 먹었다. 원준이는 맨발로 앉아 고개를 묻고 졸았다. 벽에 기대어 완전히 잠이 들었다. 차가 지나가는 소리에 화들짝 깨어 다시 고개를 들고 앉았을 때 맞은편에는 점심시간이 지나 한가해진 해장국집 아주머니가 원준이를 보고 있었다. 또 눈 앞으로 잠자리가 날아갔다. 어째서 여름에 잠자리가? 잠자리는 지나가며 자신이 할 말을 한다. 지금이 내가 사는 때야. 아주머니는 원준이를 보다가 손짓으로 들어오라고 하였다. 원준이는 괜찮다고 하였다. 아주머니는 얼른 들어와 말했다. 원준이가 들어가자 식당에는 구석에서 해장국을 먹고 있는 아저씨가 보였다. 아주머니는 선풍기 옆 텔레비전 아래 자리를 가리키며 원준이에게 앉으라고 하였다. 의자를 빼 주었다. 원준이는 앉았고 아직 잠이 덜 깬 느낌이었다. 눈을 간신히 뜨고 있는 원준이. 아주머니는 원준이에게 물을 주었다.

　더 자.

　원준이는 물을 벌컥벌컥 다 마시고 식당 테이블에 고개를 묻고 잠이 들었다. 텔레비전에서는 노래자랑 방송을 재방송하고 있었다. 원준이는 한참을 잤다. 입에서 침이 흘렀다. 한참은 어느 정도일까 아마도 30분이 넘었을 것이다. 원준이는 잠에서 깨어나 컵에 남은 물을 마셨다. 부은 눈을 껌벅이고 이제 집을 향해 다시 걸어가야겠다고 생각했다. 아주머니는 시원한 보리차를 한 잔 더 따라 주었다. 원준이는 보리차도 받아 마셨다. 왜 맨발이니? 원준이는 친구와 친구의 아버지와 계곡에 갔었다고 말했다.

　계곡에서 놀다가
　응 잃어버렸어?

　아주머니는 뒤돌아서 주방으로 가 참외를 씻어 왔다. 참외를 깎아 먹으며 원준이에게도 참외를 주었다. 그리고 바구니에 든 호박엿을 가져와 원준이에게 주었다. 원준이는 참외도 먹고 보리차를 마시며 호박엿도 먹었다. 해장국을 먹던 아저씨는 소주를 마시고 있었다. 아주머니는 종이컵에 커피를 두 잔 타서 소주를 마시는 아저씨에게도 주고 자기도 마셨다. 아저씨는 소주를 마시다 커피를 마셨다. 그리고는 여기 계산하고 계산을 하고 나갔다. 아주머니는 계산을 하고 돌아와 다시 원준이 앞에 앉았다. 아주머니는 원준이에게 집에 어떻게 가느냐고 물었다. 원준이는 조금만 더 걸어가면 된다고 했다.

집이 어디야?
터미널 쪽이에요.
30분은 걷겠네.

아주머니는 주방에 놓인 앞이 막힌 슬리퍼를 주면서 신고 가라고 하였다. 원준이는 괜찮다고 하였고 두 번 더 거절하였지만 받아서 신고 나왔다. 주머니에는 아주머니가 챙겨 준 호박엿이 있었고 손에는 참외 두 조각이 있었다. 원준이는 슬리퍼를 신고 걸었다. 원준이의 뒤를 슬리퍼 소리가 따랐다. 단 것을 먹은 원준이 아침에 과자를 먹고 낮에 호박엿을 먹은 원준이. 손에 든 참외 두 조각을 방금 다 먹은 원준이. 원준이는 집을 향해 슬리퍼를 신고 걸었다. 걸으면서 계곡에서 본 것들을 생각했다. 비가 오면 곧 비가 오기 시작하면 계곡은 위험하다. 계곡에 가려면 지금 가서 놀아야 해. 그 말을 한 사람은 검은색 점으로 멀어져 갔다. 귓가에 물소리와 물이 돌을 지나는 소리 매미 소리가 기억 어딘가를 누르면 다시 들렸다. 아직 눈을 감고 집중을 하면 떠올릴 수 있는 소리들이었다. 물이 쏟아지는 소리. 물이 돌과 바위 사이를 지나고 바람이 나무 사이를 지나가는 소리.

　　한참을 걸어 원준이는 집에 도착했다. 집에 도착하니 아무도 없었다. 원준이는 화분 밑에서 열쇠를 꺼내 문을 열고 집 안으로 들어갔다. 집 안은 어두웠고 냉장고 돌아가는 소리와 방 밑을 흐르는 낮고 무언가가 울리는 소리. 원준이는 문을 잠그고 불도 켜지 않고 신발을 신은 채로 바로 바닥에 누웠다. 잠시 잠이 들었는데 짧은 시간이었지만 꿈을 꾸었고 꿈에서도 원준이는 영릉을 향해 그곳은 원준이가 아는 영릉과 다른 곳이었지만 기차를 타고 영릉으로 향하고 기차역의 이름도 영릉이었다. 금세 잠에서 깨 일어나 불을 켰다. 발을 닦고 옷을 벗고 침대로 가 잠이 들었다. 이불도 덮지 않고 침대 위에 던져진 것처럼 그대로 누워 잠이 들었다. 한 시간쯤 지나 배가 고파 잠에서 깨 라면을 끓여 먹었다. 긴 하루였다는 생각이 들었고 그리고 내일은 일요일이다. 내일은 자전거를 타야지 생각했다.

　　원준이는 정목이는 집에 들어갔나 생각했고 영릉에서 약속이 있다는 검은 셔츠를 입은 아저씨를 잠깐 생각했다.

　　이거 누구 신발이야?

　　아버지와 어머니가 장을 봐서 돌아왔다. 계단을 오르는 소리와 비닐봉지 소리가 났다. 원준이는 정목이와 계곡에 간 것부터 다시 이야기를 시작하려다가 가다가 누가 주었다고 말했다. 먹던 라면을 다 먹고 그릇을 치우고 소파로 가 앉아 계곡에 가서 놀았다는 이야기를 시작하였다. 놀다가 정목이네 아버지가 먼저 가서 걸어오게 되었다는 이야기도 하고 걸었고 또 걸었다. 걷고 또 걷다가 고양이를 보았고 고양이의 뒤에는 그 뒤에 본 것은 고양이 한 마리지만 또 다른 고양이가 그리고 또 다른 고양이가. 고양이의 뒤를 많은 것들이 따르고 있었다. 잠깐 식당 앞에서 쉬고 있었는데 식당 아주머니가 물을 주고 참외를 주고 저 슬리퍼를 주었어. 그 이야기를 할 때 원준이의 주머니에서 호박엿이 부스럭거렸다. 원준이는 호박엿을 꺼내 엄마에게 내밀었다.

무슨 호박엿이야 놔둬. 밥 먹기 전에 무슨 호박엿이야. 나중에 먹을게.

원준이는 호박엿을 소파 앞 테이블에 올려 두었다.

식당이 어디야?
어 영릉에서 내려오다가 그 어디지.
암튼 고마운 분이네. 거기 나중에 가서 먹어야겠네.

원준이는 이제 배가 고프지 않았고 오히려 배가 약간 불렀지만 어머니가 밥을 차린 것을 또 먹었다. 청국장에 밥을 비벼서 먹었다. 배가 부른 채로 소파에 앉아 텔레비전을 보다가 10시가 넘어 씻고 잤다. 일요일에는 오전부터 나가 자전거를 타고 놀았다. 어머니 아버지와 함께 교회에 갔다가 금방 집으로 돌아왔다. 원준이는 자전거를 타고 영릉에 갔다. 영릉 근처에 자전거를 세워 두고 무덤 위 풀이 연두색인 것을 짙은 연두색 초록색인 것을 보았다. 어제의 영릉도 좋았고 오늘의 영릉도 좋으며 풀은 어제도 오늘도 짙은 연두색이지만 어쩐지 어제의 영릉이 모든 것이 선명하다고 느꼈다. 원준이는 그것을 그 차이를 팔레트의 물감의 색을 섞어서 보여 줄 수 있었다. 나는 영릉에 약속이 있어서. 어제 만난 아저씨를 떠올리고 그 이야기를 할 때 약간 어색한 표정이었다는 것이 생각나고 집에서 이미 엄마가 신고 있는 앞이 막힌 슬리퍼를 이어서 떠올렸다. 원준이는 잉어 먹이를 사지는 않았고 그냥 서서 연못을 보았다. 잉어들은 원준이가 연못으로 가까이 가자 먹이를 주는 줄 알고 순식간에 여러 마리가 모여 힘차게 뛰어올랐다가 곧 흩어졌다. 원준이는 영릉길을 따라 세종대왕 능을 향해 걸었다. 오늘은 여기에 아무도 없는 것 같아. 이곳을 관리하는 사람들은 새벽같이 이곳을 청소하고 돌보겠지 생각했다. 원준이는 세종대왕 능 앞에서 가만히 앉아 능을 보다가 하늘과 구름의 색이 좋다고 생각하다가 한참을 가만히 앉아 있다가 집으로 자전거를 타고 돌아왔다.

　원준이의 잠바와 운동화 그리고 빨아서 말린 양말은 일요일 오후에 정목이가 가져다주었다. 원준이와 정목이는 아이스크림을 먹으며 자전거를 타고 근처를 돌다가 각자의 집으로 돌아갔다. 원준이와 정목이는 아주 가까운 사이는 아니었지만 같은 초등학교를 다녔고 같은 중학교에 배정되어 같은 반이 되었다. 2학년, 3학년 때는 다른 반이 되었고 정목이는 중학교 3학년에 올라가자마자 인천으로 이사를 갔다. 원준이는 1학년 때 같은 반이 된 다른 초등학교 아이들과 2학기부터 친해져서 중학교 3년 내내 그 아이들과 자전거를 타고 놀았다. 매일같이 자전거를 타고 여기저기를 돌아다녔다. 정목이와는 2학년부터는 자주 함께 놀지는 않았다. 정목이도 원준이보다 같은 반 아이들과 더 자주 놀았다.

원준이가 정목이와 계곡에 갔던 이야기를 나에게 해 준 것은 그로부터 20여 년이 지난 어느 날이었다. 원준이는 계곡에서부터 맨발로 집에 걸어온 이야기를 하였다. 예전에 맨발로 걸었던 적이 있었는데 날카로운 것이 없어서 그랬겠지만 생각보다 발이 아프지 않고 좋았는데. 그렇게 힘들지는 않고 별생각 없이 편하게 걸었는데.

발이 아프지 않나?
괜찮았는데.
왜 걸어서 간 거야?

그때 정목이라는 친구가 있어서 정목이랑 정목이 아버지랑 걔네 아버지가 운전을 하셔서 계곡에 갔는데…… 발을 다치지 않았다. 맨발로 걸었지만 발을 다치지 않았고 아주 힘든 것도 아니고 그냥 걸었는데 걷다가 차를 얻어 탔고 또 조금 더 걷다가. 그렇게 멀리 걸어서 가야 하는데 무섭지 않았어? 무섭지 않고 그냥 걸었고 안 힘들었어. 집에 와서는 졸려서 한참 잤어. 나는 원준이에게 정목이랑은 이제 안 만나느냐고 물었고 원준이는 정목이가 3학년 때 이사를 갔다고 말했다. 엄마들끼리 친했는데 그때는 정목이네 엄마 또 다들 엄마들끼리 연락하고 지내서. 정목이는 뭐 하고 지내? 궁금하네.

정목이는 근데 고등학교 때 오토바이를 타 가지고 이야기를 듣기로는.

오토바이를 타기 시작한 정목이. 오토바이를 타던 정목이는 그리고. 정목이의 뒤를 따르는 것은 정목이의 뒤를 따르고 이어지던 것은? 계곡을 따라 올라가는 정목이의 뒤를 따르는 것은 얇고 희미한 바람이었는데. 나는 기억이 날 때마다 원준이에게 어떻게 계곡에 가게 되었는지 묻고 원준이는 이 이야기를 흥부 놀부 이야기처럼 여러 번 반복해서 말한다. 제비가 어떻게 박씨를 물고 왔는지 설명하는 것처럼 이야기해 준다. 그런데 정목이랑 제일 친한 친구 그런 거는 아니었는데 근데 계곡에 그때 왜인지 같이 가기로 해서 갔었는데……. 정목이네 아버지는 세탁소 하시고 옷을 맡겨도 종이에 써서 알려 주셨다. 코트 3벌 #만원. 그때 여름에 같이 차를 타고 계곡에 가서 놀았다. 원준이는 이 이야기를 매번 크게 더하지도 빼지도 않고 여러 번 반복해서 해 주었다. 계곡을 향해 걷는 원준이와 정목이 정목이 아버지. 정목이 아버지가 먼저 성큼성큼 계곡을 향해 걸었다. 그 뒤를 정목이와 원준이가 따라 올라가고 나는 그 뒤를 따라서 천천히 쏟아지는 녹색 속으로 물소리, 나무와 바람 속으로 걸었다. 풀 냄새와 나무 냄새가 나는 그것이 나는 정말 좋았다. 나는 그곳을 여러 번 따라 올라간다. 물소리와 나무 냄새로 가득하고 나는 바위 위에 누워서 그것을 듣다가 눈을 감고 나를 따라온 것이 무엇이었는지 생각해 보려 하지만 물소리는 쏟아지고 감은 눈으로도 선명한 햇볕은 알아차릴 수 있고 나뭇잎은 흔들리고 그 역시 알 수가 있고 그런데 금세 잠이 들어서 내가 그곳까지 어떻게 걸어왔는지 그것이 내가 평소에 걷는 것과 어떻게 달랐는지 구분할 수가 없었다.

비눗방울 퐁

이유리
소설집『브로콜리 펀치』『비눗방울 퐁』『모든 것들의 세계』, 짧은소설집
『웨하스 소년』, 연작소설『좋은 곳에서 만나요』등이 있다.

유현은 그날 저녁도 평소처럼 정확한 시간에 집에 돌아왔다. 현관에서는 운동화를 벗어 가지런히 돌려놓았고 티셔츠와 양말을 빨래통에 넣은 뒤에는 자몽 향이 나는 비누로 손발을 씻고 깨끗한 실내복으로 갈아입었다. 저녁은? 묻자 먹고 왔다며 고개를 저었다. 그러면서 유현은 철 지난 영화를 보고 있던 내 옆에 살그머니 앉았다. 그리고 속삭였다.

나 오늘 비눗방울 되는 약 먹었어.

나는 꼿꼿한 목을 하고 텔레비전만을 응시했다. 못 들은 척하면 안 들은 게 되리라고 믿는 사람처럼. 마침 영화에선 누군가 끊임없이 쫓기는 장면이 이어지고 있었다. 좁은 골목을 계속해서 달려가는 그의 발치로 총알이 빗발쳤다. 잡히지 마. 잡히지 마라. 나는 속으로 되뇌었다. 그가 잡히면 모든 것이 끝날 것만 같았다. 나는 눈을 부릅떴다. 유현은 크흠, 하고 목을 한 번 가다듬었다.

살 만큼 살았다, 그것이 유현의 대답이었다.

좋은 이들도 많이 만났고 맛있는 것도 많이 먹었고 가 보고 싶던 곳에도 모두 가 보았으니 이제 남은 삶에서 더 이상 새로이 좋은 일은 없을 것만 같아, 그러므로 나는 이쯤하여 그만두려고 해. 언뜻 생각하면 말도 안 되는 소리 같으나 정작 토를 달자니 그럴 만한 구석이 없는 그 말에 그만 말문이 막히고 말았다. 유현은 아무튼 허튼소리는 하지 않는 사람이었으니까. 유현이 말하는 것들은 항상 오랜 생각으로 다듬어진 문장들뿐이었고 그의 바로 그런 점을 나는 아주아주 사랑했었다. 얼마나 사랑했느냐면 유현의 모든 말을 그저 이해하고 받아들일 만큼. 유현이 그렇다고 결정한 일은 아무런 의심 없이 그렇구나 하고 생각해 버릴 만큼. 하지만 이번의 일은 아무래도 그럴 수가 없었다. 그럼 나는? 나는 어떡해? 하고 구차한 소리를 한마디 하지 않고서는 아무래도 도무지.

그래서 마지막 시간을 너와 보내려는 거야.

유현은 차분하게 대꾸했다.

아이고 그것 참 고맙네. 고마워서 눈물이 난다.

쏘아붙이고 나니 정말로 눈물이 나서 나는 좀 울었다. 뚝뚝뚝 어쩌지도 못하고 눈물방울이 옷 앞섶을 적시도록 내버려 두고 있으니 벌떡 일어난 유현이 휴지 갑을 가져다 내 앞에 놓았다. 마치 이게 필요할 거라고 미리 생각하고 있었던 사람처럼. 나는 휴지를 거세게 잡아 뽑아 눈두덩을 꾸욱 눌렀다.

그래서 며칠이나 남은 건데.

이제 삼 주 정도.

뭔 돈으로 그 약을 사 먹었어. 비싸다던데.

적금 깼지. 이제 쓸 일도 없는데.

잘났다. 잘났어 아주.

불퉁거리며 유현의 손을 확 낚아채어 잡았다. 머리 위로 들어올려 형광등 불빛에 비추어 보았다. 투명해졌나.

아직은 아무 느낌도 없어. 달라진 것도 없고.

언제부터 달라진다는데?

사람마다 다르대. 빠른 사람은 이삼일 뒤부터.

그럼 뭘 어떻게 해야 되는데.

그냥, 그냥 평소처럼 지내면 되지.

어떻게 평소처럼 지내. 니가 비눗방울이 돼서 퐁 터져 없어진다는데.

웃으라고 한 말은 결코 아니었는데 유현은 후후 소리내어 웃었다.

뭐가 웃기냐. 웃기냐, 이게.

좋잖아. 깔끔하고 흔적 없이 퐁.

유현은 집게손가락을 뻗어 허공을 찌르는 시늉을 하며 입술을 동그랗게 모아 퐁, 하고 소리냈다. 이상하게도 그 모습에서 그냥 알 수 있었다. 많이 생각하고 생각해서 내린 결정이라는 사실을. 그러자 갑자기 마음이 조금 편안해지는 것 같기도 했다. 어떻게 말렸어도 듣지 않았을 것을 알았기 때문에. 눈물과 고함 소리, 다툼과 미움으로 얼룩질 뻔했던 마지막을 평화로이 보낼 수 있는 기회가 주어졌음을 깨달았기 때문에.

하고 싶은 거 있냐. 뭐든지.

눈물 콧물을 닦은 휴지를 손아귀에서 구기며 나는 물었고 유현은 의외로 시원하게 대답했다.

참외가 먹고 싶어.

나는 눈이 둥그래져서 되물었다.

참외? 무슨 참외?

그러자 유현은 바로 그 질문을 기다렸다는 듯이 설명하기 시작했다. 자신이 먹고 싶은 바로 그 참외에 대해서.

보통의 참외보다 작고 단단한데 황금빛 껍질이 아주 얇고 부드럽다고 했다. 반으로 잘라 보면 과육은 하얗다기보다 약간 노오란 빛이 돌고, 그 단면에서 배어 나오는 즙이며 향이 먹어 보지 않아도 아주 맛있다는 것을 단박에 알 수 있는 그런 참외. 아까운 과육이 베어져 나가지 않도록 최대한 조심하며 얇게얇게 껍질을 벗겨낸 뒤 움쑥 깨물면 입안으로 물컥 치미는 단맛이 웬만한 멜론이나 수박엔 댈 수도 없는 정도라나. 씨앗과 그 주변을 둘러싼 부드러운 부분은 그야말로 꿀처럼 단박에 입에서 녹아 없어지고 부스러진 과육은 혀 위에서 춤추다 꼴딱 넘어간다고 했다.

나는 입을 헤벌리고 유현의 말을 들었다. 물론 묘사한 그 참외의 맛이라는 것도 굉장했지만 그보다는 먹을 것에 대해 이토록 신이 나서 말하는 유현의 모습이 조금 낯설어서였다. 유현은 소문난 소식가인 데다 뭔가를 맛있고 복스럽게 먹는 사람이 전혀 아니었다. 그런 유현이 먹을 것을 이토록 찾는 건 정말로 처음 보는 일이었다.

언제 먹었는데 그런 걸?

오 년 전쯤.

어디서 사 먹었어?

사 먹은 게 아냐.

유현은 바로 여기서부터 이야기가 재미있어진다는 듯이 슬쩍 미소 짓고는 물었다.

혜령이, 기억나?

혜령, 분명 알고 있는 이름이라는 생각은 들었지만 그게 누군지 한 번에 떠오르지 않아 나는 고개를 갸웃했다. 혜령, 혜령. 그러는 동안 유현은 빙글빙글 웃으며 마치 넌센스 퀴즈라도 낸 사람처럼 내 얼굴을 바라보고 있었다. 그 얼굴을 마주 보다 갑자기 생각났다, 혜령이 누구였는지.

너 예전에 만나던 그 여자?

맞아. 용케도 기억하네.

기억하지 않을 리가, 유현과 5년이 넘게 함께 살았던 사람인걸. 같은 과였던 학부생 시절에는 선남선녀 커플로 대학에서 유명했다고 들은 적이 있었다. 뭐 관심이 없었던 게 아니기도 했지만, 그런 말을 들은 이상 궁금증을 참을 수 없어 그 여자의 SNS를 찾아보기도 했었다. 뭐 예쁘게 생겼네, 하고 질투 섞인 평가를 중얼거린 뒤엔 잊어버리려고 애썼고 실제로 잊고 지냈다. 그런데 이제 와서 갑자기 그 이름이 나오는 이유는 뭐란 말이야. 무슨 말이 나올지 전혀 예상하지 못한 채로 나는 유현의 얼굴만 쳐다보았다.

혜령이 부모님이 강릉에서 감자 농사를 지으셨거든. 매년 늦여름마다 택배 상자에 감자랑 옥수수랑 뭐랑 해서 이것저것 가득 담아 보내 주시곤 했어. 그 참외는 거기 들어 있던 거거든. 한 개 아니면 두 개, 그냥 생각나서 넣었다는 듯 무심히 들어 있던 그게 왜 그렇게 맛있던지. 해마다 날씨가 따뜻해지면 그 택배를 기다리는 재미로 시간을 보냈어. 부담스러우실까 해서 언제 보내 주시는지 여쭤보지도 못하고 말야.

보통 때 같으면 하이고, 그게 그렇게도 좋았냐 하면서 퉁박을 놓을 타이밍이건만 나는 가만히 귀를 기울이고 있었다. 그깟 참외를 오매불망 기다렸다는 오래전의 유현은 아무래도 귀여웠으므로, 아니 내용보다는 그 조곤조곤하고 따뜻한 말투가 좋았고 꿈꾸는 듯한 유현의 표정도 좋았으므로.

혜령이랑 헤어질 때도 나는 생각했어. 혜령이에겐 미안하지만 혜령이보다 그 참외 맛이 더 그리울지도 모르겠다고. 실제로 그랬지 뭐야, 그 애는 얼굴도 가물가물한데 참외 맛은 어제 먹었던 것처럼 생생해. 여름마다 아, 먹고 싶다, 하고 생각했는데 말야. 올해 여름에 사라진다면 단 하나 아쉬운 건 그거였어. 다시는 그 참외를 먹어 보지 못한다는 거. 딱 한 번만, 한 입만 먹으면 될 것 같은데.

유현이 말을 마치고는 이해하지, 하는 얼굴로 나를 바라보았다. 나는 입술을 단단히 모으고 생각했다. 사라지기 전 단하나 아쉬운 것이 고작 그 참외의 맛이라는 것이, 그러니까 내가 아니라는 것이 섭섭하면 안 된다고. 나는 네게 대체 무엇이었냐고 묻고 싶은 마음은 굴뚝같았지만 그 서운함을 토로하느라 금쪽 같은 시간을 낭비하면 나중엔 분명 가슴을 치며 후회하게 될 거라고. 마음속에 떠오른 수많은 원망의 말 대신 나는 말했다.

……그 여자랑 연락돼?

유현은 고개를 저었다. 거기서부터는 우리가 함께 해야 할 일이라는 것처럼. 나는 한숨을 푹 내쉬었다. 유현의 휴대폰을 찾아 혜령의 이름을 검색했다. 번호가 저장되어 있다는 건 알고 있었지만 그것을 이렇게 찾을 일이 생길 거라곤 상상도 하지 못했었는데. 나는 그 전화번호를 내 휴대폰으로 옮겨 적었다. 그런데 뭐라고 해야 할까. 전화를 걸 깜냥은 없고 메시지를 보내는 게 좋을 듯하여 문자메시지 창을 켜긴 했지만, 그렇다고 선뜻 꺼낼 말도 애매해 나는 의미 없는 단어들을 썼다

지웠다 했고 그러다 건너다본 유현의 얼굴은 여전히 웃고 있었다.

답장은 하루 뒤에야 도착했다.

안녕하세요, 뭐라고 답장을 보내야 할지 몰라 망설이다가 이제야 메시지를 씁니다. 유현이 비눗방울이 된다니, 수정 씨만큼은 아니겠지만 저 역시 충격이 크네요. 하지만 뭔가...... 유현이답다는 생각도 듭니다. 제가 아는 유현과 한치도 변한 것이 없구나 싶기도 해요.

저는 지금 강원도 강릉에 살고 있어요. 작년에 부모님이 갑자기 돌아가셨거든요. 부모님이 돌보던 감자밭을 내버려둘 수 없어 직장을 그만두고 내려왔는데, 혼자 지내기가 외로워 개를 한 마리 키우고 있어요. 이름은 밤돌이고 진도 믹스입니다. 참, 왜 개 얘기를 하고 있는지 모르겠지만...... 아무튼 그래요. 수정 씨와 유현이가 와 준다면 반가울 거예요. 마침 다음 주쯤 감자를 캐려고 했는데 혼자선 엄두가 나지 않던 참이거든요. 두 분이 감자 캐는 걸 도와주실래요? 말씀하신 참외도 나누어 먹고요. 일부러 키운 것도 아니고 밭두렁에 저 혼자 자란 참외지만 유현이 말처럼 아주 맛있답니다. 언제든 오셔도 돼요. 전화를 주시면 터미널로 마중 나가겠습니다.

우리가 고속버스터미널로 출발한 것은 그 문자를 받고서 나흘 뒤였다.

얼마나 머무르게 될지는 모르겠으나 터미널로 떠나는 나는 거의 내 몸집 반만 한 배낭을 메고 손에는 여행용 캐리어도 하나 든, 제법 먼 여행을 떠나는 사람의 모습을 하고 있었고 그 배낭에 든 것은 기본적인 옷가지와 여행용품 외에도 다음과 같았다. 호미 두 개, 팔토시와 장갑 다섯 켤레, 챙이 넓은 모자, 긴 목양말, 그리고 허리에 매는 밭일용 둥그런 의자. 모두 농사 도구를 파는 인터넷 사이트에서 한꺼번에 주문한 것들이었다. 혜령 씨는 전부 집에 있으니 아무것도 가져오지 말라고 당부했지만 신세 지는 차에 어디 그럴 수가 있어야지, 노파심에 이것저것 사다 보니 짐이 이만큼이나 늘어난 거였다.

게다가 가장 중요한 짐, 그러니까 유현이 있었다. 점점 가벼워지기 시작한 유현은 결국 사흘째 되던 날 둥실 떠올라 지면에서 사오 센티미터 정도 높이에 둥둥 떠다니기 시작했고 스스로는 걸을 수 없는 몸이 되어 버리고 말았다. 집에서야 유현이 가고 싶다는 곳으로 톡톡 밀어 주기만 하면 되었지만 함께 터미널에 가고 버스를 타는 것은 쉬운 일이 아니었다. 결국 생각해 낸 방법은 가장 꼴사나운 것이었다. 나는 다이소에 가서 강아지 산책용으로 나온 리드줄을 하나 사 왔다. 목걸이 부분이 푹신하게 되어 있어 아프지 않을 것 같은데다 버튼을 누르면 줄이 자동으로 감기는 릴이 붙어 있었으므로 행여나 유현과 멀어진다 해도 걱정없을 것 같았기 때문이었다. 집에서 그것을 유현의 오른 팔목에 감고 시험 삼아 몇 걸음 걸어 보니 과연 그런대로 괜찮았다. 그러고 있는 우리 모습이 슬프고 또 동시에 우스워서 울다 웃다 했음은 물론이었다.

우리는 앱으로 미리 예매해 둔 버스표 시간에 맞추어 터미널에 도착했다. 버스가 출발하기까지 이십 분 정도 남아 있었다. 버스 앞에 일렬로 늘어선 플라스틱 의자에 앉으니 그제서야 참, 뭐라도 사 가는 게 좋으려나 싶은 생각이 들었다.

야, 빈손으로 달랑달랑 가기 좀 그렇지 않나.

그런가? 혜령이는 신경 안 쓸 텐데.

내가 신경 써. 아, 터미널에 뭐 파는 데 있을 텐데. 병 음료수 같은 거라도.

나는 터미널 안쪽을 흘끔거렸다. 말마따나 편의점 같은 것은 있었지만 마침 주말인지라 사람이 엄청나게 붐비고 있었다. 짐과 유현을 여기에 두고 가기도 뭣하고 그렇다고 이것들을 이고 지고 가기도 엄두가 나지 않아 망설이고 있는데 누군가 나를 불렀다.

아가씨, 내가 짐 봐 줄까요? 같은 버스 타는 것 같은데.

고개를 돌리니 옆 의자에 웬 아주머니 한 분이 나를 보고 있었다. 푸근한 인상의 아주머니 다리 앞에 역시 커다란 짐가방이 보였다.

아, 괜찮은데…….

이 청년하고 짐하고 두고 빨리 갔다와요, 내가 봐 줄게.

아주머니가 손을 휘휘 저었다. 나는 엉거주춤 일어났다. 내미는 손에 유현의 손목을 묶은 리드줄을 쥐여 주었다. 아주머니가 그것을 받아 쥐며 말했다.

우리 아들도 재작년에 비눗방울 약 먹었어요. 먹은 지 사나흘쯤 됐지? 그래 보이네.

나는 대답할 말을 잃은 채 그 자리에 붙박여 섰다. 아주머니가 얼른 가요, 말하며 터미널 안쪽을 눈짓했지만 발을 뗄 수가 없었다. 뭔가를 묻고 싶었지만 뭘 묻고 싶은지 알 수 없었고 사실 아무 말도 할 수 없는 상태에 더 가까웠다. 다녀와, 유현이 속삭이며 허리께를 툭 쳤고 그 반동에 튕겨 나가듯 움직이기 시작해 터미널 안으로 걸었다. 병에 든 알로에 음료 한

상자를 사 갖고 돌아왔다.

꼭 우리 아들 같네, 잘생기고 훤칠한 게.

아주머니가 웃으며 내게 리드줄 손잡이를 도로 넘겨주었다. 고맙습니다, 말하려 했는데 뭔가 웅얼거리는 이상한 소리만 목구멍에서 비어져 나왔다. 강릉이라고 쓰인 표지판을 앞유리에 붙인 버스가 우리 앞에 와서 설 때까지 나는 그대로 아무 말도 하지 못했다. 버스 문이 열리고 앞세운 유현의 등을 톡톡 밀어 좁은 통로를 지나 자리에 앉히고 나서야 나는 멀찍이 앞쪽에 앉은 아주머니에게로 갔다.

저기…….

응?

아주머니는 어떻게 시간을 보내셨어요, 어떻게……그…… 마지막을.

묻고 나서야 이게 얼마나 무례하고 사적인 질문인지를 깨달았고 나는 얼굴이 빨개져 말을 더듬었다. 하지만 아주머니는 상관없다는 듯 조금의 망설임도 없이 대답해 주었다.

하고 싶다는 걸 하게 해 줬어요. 그게 제일 후회가 없을 것 같아서.

그래서 후회가 없으셨나요, 하고 묻지 말아야 한다는 건 알고 있었다. 나는 고개를 깊이 숙여 보인 뒤 자리로 돌아왔다. 어쩌면 그 말을 듣고 싶었는지도 모른다고 생각하면서. 이윽고 버스가 몸을 한번 부르르 떨고는 출발했다. 두둥실, 자꾸만 떠오르려는 유현을 잡아 앉히며 나는 창밖을 바라보았다. 느릿느릿 멀어지는 터미널의 모습을 기억해 두었다. 마음의 카메라로 사진을 찍으려는 사람처럼.

혜령 씨는 강릉 시외버스터미널 플랫폼에서 우리를 기다리고 있었다.

우리는 서로 어색하게 인사를 주고받았다. 청바지와 티셔츠 차림의 혜령 씨는 생각보다 키가 훌쩍 컸고 그을린 얼굴은 예쁘고 건강해 보였다. 나와는 전혀 다른 타입이군, 하는 의미 없는 생각을 어쩔 수 없이 하며 나는 먼저 손을 내밀어 오는 혜령 씨와 악수했다. 유현과는 당연히 구면일 혜령 씨가 유현보다 내게 먼저 인사를 해 주었다는 사실을 상기하면서. 악수를 한 뒤에야 혜령 씨는 느긋한 표정으로 웃고 있는 유현을 노려보았다.

한 대 때려 주고 싶은데 터질까 봐 때리지도 못하겠네.

혜령 씨가 말했고 나는 깔깔 웃었다.

아, 제가 하고 싶은 말을 대신 해 주셔서 속이 시원하네요.

굳이 사양했지만 내 캐리어를 빼앗아 드는 혜령 씨를 앞세워, 우리는 터미널 앞에 세워 두었다는 트럭으로 걸어갔다. 군데군데 긁힌 자국이 있고 흙탕물이 잔뜩 튄 트럭이 멀찍이 서 있었다. 문을 열기도 전에 나는 앗! 하고 탄성을 질렀다.

강아지다!

밤돌이에요. 집에 혼자 두면 계속 짖어서.

혜령 씨가 말하며 앞좌석 문을 열었다. 커다란 황갈색 개가 튀어나와 꼬리를 붕붕 휘저으며 이미 아는 사이인 양 내 다리에 엉겨붙었다. 아이코 예쁜 것, 예쁘기도 하지. 나는 개의 얼굴을 양손으로 받치고 중얼거렸다. 둥글고 순한 개의 눈이 나를 바라보고 있었다.

개 괜찮으세요?

괜찮고말고요. 너무 좋아해요.

좌석 뒤쪽의 공간에다 내 가방을 실은 혜령 씨가 이번에는 트럭 뒤칸에 캐리어를 솜씨 좋게 실었다. 밤돌이가 유현에게로 다가가 킁킁 냄새를 맡았다. 유현이 아저씨 냄새 이상하지, 하면서 웃었다. 정말, 지금 유현에게선 어떤 냄새가 날까. 곧 비눗방울이 되어 퐁 터져 버릴 사람에게선. 나는 유현을 들어올려 트럭 가운데 자리에 앉힌 뒤 밤돌이를 무릎에 올려 안았다. 이윽고 혜령 씨가 운전석에 올라타고 시동을 걸었다.

버스 타고 오시느라 고생하셨는데 어쩌죠. 조금 멀리 가야 되는데.

괜찮아요.

이 사람은 왜 이렇게 친절한 걸까. 나는 밤돌이의 뒷덜미에 코를 묻으며 앞 유리를 바라보았다. 룸미러에 유리구슬을 꿰어 만든 묵주 비슷한 것이 걸려 있었다. 트럭이 출발하는 기세에 그것이 짤강짤강 흔들리며 아름다운 소리를 냈다. 고소한, 고소한 개의 냄새. 혜령 씨는 우리가 괜찮은지 확인하듯 운전하는 도중 오른쪽을 종종 힐끔거렸고 유현은 차를 타고 가는 내내 낮게 노래를 흥얼거렸다. 마치 즐거운 소풍길에 나선 사람처럼.

이게 다 감자예요?

감자밭을 본 나의 첫마디는 이랬다.

그럼 이게 다 감자지 뭐예요?

혜령 씨는 크게 웃으며 대답했다. 나는 머쓱해져서 따라 웃고 말았다. 하긴 말마따나 이게 다 감자지 뭐겠어. 하지만 고작해야 뒷마당이나 텃밭 정도를 생각했던 내게 혜령 씨의 감자밭은 넓어도 너무 넓었다. 검은 비닐로 덮인 기나긴 밭고

랑이 한눈에 셀 수도 없을 정도였으니까. 게다가 도시에서만 자란 나는 감자라고 하면 슈퍼 야채 코너에 흙이 묻은 채로 쌓여 있는 모습만을 막연히 생각했지, 이렇게 위에 본격적인 줄기와 잎이 달린 상태의 감자는 본 적이 없었으므로 생경하기는 더 했다. 마찬가지로 서울내기인 유현도 신기했는지 밭이랑 앞에 쪼그려 앉아 비닐을 손가락으로 쿡쿡 찔러 보고 있었다.

이 땅밑에 감자가 있는 거야? 이 비닐은 왜 씌워?

와, 너 정말 아무것도 모르는구나.

혜령 씨가 한숨을 쉬었다.

멀칭이라고 하는 거야. 비닐 안 씌우면 잡초가 자라서 감당이 안 돼.

몰랐어요.

내가 대신 대답했다. 밤돌이가 밭 너머로 신나게 뛰어갔다가 헥헥대며 되돌아오기를 반복하고 있었다.

이게 다 얼마나 되는 양이에요?

캐 봐야 알 것 같아요. 일단 포대를 넉넉히 준비해 두긴 했는데.

아, 포대에 담아요?

묻고 나서야 또다시 바보 같은 질문을 했다는 것을 깨달았고 그러자 정말로 바보가 된 듯한 기분이었다. 살면서 이토록 처음인, 아무것도 모르는 일을 해 보는 건 오랜만이다 싶었다. 유현에게 참외 맛을 보여 주는 일만 생각했지 감자를 캐야 한다는 것은 사실 거의 잊고 있었는데, 잘할 수 있을까. 괜히 바쁜 시기에 혜령 씨를 거추장스럽게만 하는 게 아닐까 싶어 더럭 겁이 났다. 그런 내 표정을 읽었는지 혜령 씨가 말했다.

너무 걱정 마세요, 저도 감자 수확은 처음이거든요.

아 정말요?

네. 올여름 내내 키우기는 열심히 키웠는데.

혜령 씨가 흙이 잔뜩 묻어 돌아온 밤돌이의 머리를 쓰다듬었다. 그러면서 나지막하게 말했다.

올봄에 부모님이 사고를 당하셨어요. 두 분이 같이 돌아가셨는데…… 너무 갑작스러워서 뭘 어떻게 해야 하는지 모르겠는 채로 어영부영 장례를 치렀어요. 정말 그야말로 어영부영.

말하면서 혜령 씨는 밭 너머 어딘가를 바라보았다. 오래 생각한 말을 하는 사람의 말투였다.

그러고 나서 이제 정리를 하려고 시골집에 내려와 보니까 엄마 아빠가 막 심어 놓은 감자가 너무 잘 자라고 있는 거예요. 아무것도 모르고. 사실 그 전까진 경황이 없어서 그랬나, 울지도 못했는데 이 밭을 보고서야 눈물이 나더라고요. 밭머리에 앉아서 펑펑 울었는데 그러고 나니까 이 감자들을 마저 키우고 싶다는 생각이 들었어요. 여기 동네 분들은 혼자서 어떻게 감당하냐며 그냥 갈아엎든지 놔두라고 하셨는데…… 결국 올해 여름 내내 새까맣게 타면서 끙끙댄 게 이거예요.

고생했겠다. 고생 많았겠다.

유현이 말했으나 나는 입을 다물고 있었다. 고생한 것은 물론 사실이겠으나 그 모든 사건들을 단순히 고생했어요, 하고 뭉뚱그려 말하는 것이 뭐랄까 타당치 않다고 느껴졌기 때문이었다. 저 감자밭에 얼마나 큰 슬픔이 주렁주렁 묻혀 있을까. 혜령 씨가 그것을 캐는 일을 도와 달라고 한 건 단지 일손이 부족해서만은 아닐 테지. 하지만 그런 이야기를 하는 대신 나는 발밑에 돋아 흔들리는 강아지풀을 한 줄기 뜯어 손에 쥐었다.

아참, 참외 보여 줘야지.

혜령 씨가 문득 생각난 듯 일어서더니, 긴 다리로 밭이랑을 성큼 익숙하게 넘어가며 우리에게 따라오라고 손짓했다. 따라간 밭 너머에 풀이 무성하게 자란 둔덕 같은 것이 있었다. 여기 어디에 참외가 있지, 생각하는데 혜령 씨가 길게 자란 풀을 양손으로 헤쳤다. 샛노랗고 동그란 참외가 꼭 일부러 그런 것처럼 딱 세 알 놓여 있었다.

와!

유현이 소리치며 허리를 숙였다. 나도 따라 자세히 들여다보았다. 어른 주먹보다 조금 큰 정도였지만 얼굴을 가까이 대니 달콤한 참외 향이 물컥 코를 찔렀다. 과연 유현이 했던 묘사만큼이나 맛있는 냄새였다.

밭일하다 먹고 버린 것이 여기 자랐나 봐요. 모양은 이래도 맛있으니까, 감자 캐고 나면 하나씩 나눠 먹어요, 우리.

혜령 씨가 미소지으며 다시 풀을 다독여 참외를 덮어 두었다. 풀벌레가 사방으로 튀었다.

해도 져 가니, 일단 오늘은 쉬고 내일부터 시작해요. 동네 분들도 도와주러 오신다고 하셨으니까. 빈 방을 치워 뒀어요.

고맙습니다.

나는 겨우 말했다. 고맙다는 말이 얼마나 공허하고 작은 말인지 생각하면서. 줄지어 밭이랑을 도로 건너뛴 우리는 혜령 씨의 집으로 걷기 시작했다. 밤돌이가 왕! 한 번 크게 짖고는 꼬리를 풍차처럼 휘돌리며 앞서 달려갔다. 나는 아까 꺾은 강아지풀을 그때까지도 손에 꼭 쥐고 있었다.

유현아 자냐.

잠들었냐.

고른 숨소리만 새액새액 들릴 뿐, 유현은 대답이 없었다. 떠오르지 않도록 묵직한 이불로 눌러 놓은 유현의 몸이 둥그런 무덤 같은 실루엣을 그리고 있었다. 속 편한 녀석 같으니라고. 비눗방울 인간이 되면 잠이 많아지는 걸까. 몸이 변하느라 바쁘고 피곤해서 잠이 늘어나나. 나는 어둠 속에 모로 비스듬히 누워 천장을 바라보았다. 도시에선 불을 꺼도 어디선가 빛이 새어 들어와 어둡다는 느낌은 없었는데 이곳은 아니었다. 형광등을 끄자마자 기다렸다는 듯 새카만 어둠, 눈앞에 얼굴을 갖다 대도 모를 만큼의 깜깜함이 나타났고 거기에 적응하는 데에도 꽤 오랜 시간이 걸렸다. 이윽고 방 안의 형체들을 분간할 수 있을 즈음이 되자 나는 어둠 속에서 눈을 도록도록 굴려 보았다. 털털 소리 내며 돌아가는 선풍기, 그리고 창 바깥에서는 찌르찌르 차르르르 하는 풀벌레 소리. 구석에 놓인 커다란 서랍장이며 우리의 옷이 걸린 행거 옷걸이가 거인처럼 나를 내려다보고 있었다. 내일은 감자를 캔다고 했으니 지금 자 두는 게 좋을 테지만 도저히 잠이 올 것 같지 않았다. 시끄럽기도 시끄럽고 잠자리도 설었지만, 그보단 온갖 생각들이 누가 양동이에 담아 붓는 것처럼 자꾸만 마음 속으로 흘러들어오는 탓이었다. 유현은 언제 완전히 비눗방울이 되어 터질까. 유현이 말한 이제 그만 살아도 되겠다는 기분은 어떤 기분인 걸까. 비눗방울 약을 먹을 때 유현은 뭘 생각했을까. 조금은 생각했을까…… 나를. 거기에 생각이 이르렀을 때 나는 결국 이불을 걷어차고 말았다. 유현이 깨지 않도록 조심조심 일어난 뒤엔 뭘 어째야겠다는 생각도 없이 방을 나왔다.

원래는 부모님이 살았을 혜령 씨의 집은 작은 방 두 개와 부엌을 겸한 좁은 거실로 되어 있는 오래된 주택이었다. 거실 한쪽은 가끔 급할 때 들락거릴 수도 있을 것처럼 보이는 세 쪽짜리 커다란 창문으로 되어 있었는데, 그 창으로 수돗가가 갖춰진 작은 마당과 낮은 평상이 보였다. 그곳에 혜령 씨가 앉아 있었다. 당연히 혜령 씨겠지만 그 뒷모습을 알아보고 나서야 맵싸한 냄새가 함께 맡아졌다. 담배 냄새였다. 그러고 보니 혜령 씨는 사귈 때에도 담배를 피웠다는 얘길 유현에게 들은 적이 있는 것 같았다. 조용히 돌아가려고 했는데 어떻게 안 건지, 혜령 씨가 돌아보았다. 그러곤 나오라는 듯이 손짓하고 창문을 가리켰다.

잠이 안 오죠? 시끄러워서.

창문을 열고 빠져나온 내게 혜령 씨가 물었다.

네, 바깥도 시끄럽고 속도 시끄럽고.

웃으며 대꾸하자 혜령 씨도 담배 연기를 입 한구석으로 뿜으며 웃었다.

잠 안 오면 별 봐요. 도시에선 돈 주고도 못 보는 거니까.

나는 시키는 대로 고개를 꺾어 밤하늘을 바라보았다. 그러고는 나도 모르게 아아, 하고 말했다. 가리는 것 하나 없이 활짝 열린 하늘에 반쪽짜리 달, 그리고 별들이 누군가 멋대로 흩어 놓은 보석들처럼 빛나고 있었다. 정말로 눈을 뗄 수 없을 만큼 아름다웠다.

예쁘죠. 여기 와서 매일 밤 봤는데도 질리지 않더라고요.

유현이도 별이 될까요.

무심코 중얼거려 놓고 나는 입을 다물었다. 갑자기 엄청나게 부끄러워졌기 때문이었다. 이렇게 손발이 오그라드는

말을 할 생각은 정말 없었는데, 어린애도 아니고 나이를 먹을
만큼 먹은 사람이 무슨 이런 유치한 말을 한담. 게다가 부모님
을 잃은 혜령 씨에게는 더더욱 할 말이 아니다 싶었다. 말을
주워 담을 수만 있다면 주워 담고 싶은 심정으로 밤하늘 별만
바라보는데 혜령 씨가 새 담배에 불을 붙였다.

유현이는 지은 죄가 많아서 별은 못 될걸요. 이렇게 사람
마음 아프게 하는데 별은 무슨.

혜령 씨가 내뿜은 담배 연기가 밤공기에 사르르 실려 갔
다. 매끄럽게 허공을 헤엄치는 유령처럼. 나는 눈으로 그 연기
를 쫓았다.

감사해요, 친절하게 대해 주셔서.

감자 캐는 거 도와주시는데 제가 고맙죠. 이런 시골까지
내려오시고.

아니에요, 즐거워요. 즐거운 상황은 아니지만.

내일은 힘드실 거예요. 밭일이라는 게 보통 일이 아니거
든요.

우리는 마주보고 미소지었다. 그러자 왜일까, 분명 웃고
있는데도 마음이 미어지는 듯한 기분이 들었다. 가슴속이 뻐
근해지며 귀퉁이부터 부서지는 것 같은 이 느낌, 다시는 다
시 생겨날 수 없는 어떤 것이 무너져 내리는 광경. 나는 고개
를 돌렸다. 혜령 씨는 말없이 그런 나를 바라보고 있었다. 지
금 내가 겪고 있는 이것이 무엇인지 너무나 잘 아는 사람의 얼
굴로.

먼저 들어갈게요, 너무 오래 있지는 마요. 모기 뜯기니까.

평상 밑에 담배를 비벼 끄며 혜령 씨가 말했다. 그러곤 내
어깨를 한 번 감싸 쥐고는 자리에서 일어났다. 이윽고 등 뒤에

서 혜령 씨가 방문을 닫는 소리가 들렸다. 나는 혜령 씨가 쥐었던 어깨를 만져 보다가, 그만 평상에 벌렁 드러누웠다. 평상 위에 켜져 있던 전등갓에 커다란 나방이 달려들고 있었다. 저 부드럽고 덧없는 날개, 이 순간에도 유현의 몸은 차근차근 투명해지며 무게를 잃고 있겠지. 조금씩 사라질 준비를 하고 있겠지. 그런 생각을 하면서 나는 손을 허공으로 뻗었다. 밤하늘과 별과 여름 밤공기와 풀벌레 소리, 그것들을 손아귀에 쥐어 보려는 사람처럼.

다음 날 아침, 잠에서 깬 건 천장에서 들린 유현의 목소리 때문이었다.

수정아. 나 좀 내려 줘.

눈을 뜨고선 깜짝 놀라 악 소리를 질렀다. 유현이 바닥을 보고 엎드린 채 천장 가까이에 둥둥 떠 나를 내려다보고 있었다. 벌떡 일어나 아래로 뻗은 유현의 양손에 덥석 깍지를 꼈는데 그러자 다시 한 번 놀라고 말았다. 손에 잡히는 느낌이 너무나 이상했던 탓이었다. 껍질이 아주 얇고 미끄러운 풍선을 만지는 듯한 느낌이랄까, 조금만 잘못 힘을 주면 그대로 팡 터져 버릴 것 같았다. 손을 잡아 조심스럽게 유현을 끌어 내린 뒤 자세히 보니 손이며 반소매 티셔츠 밑으로 늘어진 팔목에 반들반들한 투명감이 감돌고 있었다.

정말 많이 투명해졌네, 나.

유현이 제 몸을 살펴보며 중얼거렸다. 기분 탓인지 몰라도 목소리도 더 작고 가느다랗게 변한 것 같았다. 나는 입을 꾹 다물고 어제 썼던 강아지 리드줄을 가져왔다. 유현의 허리에 감은 뒤 줄을 짧게 조절했다. 그래도 어제까진 이렇게 하면 허공에 떠 있을지언정 서 있는 자세는 유지할 수 있었는데, 이제 유현은 꼭 무중력 공간에 던져진 우주비행사처럼 손발을 휘저으며 자꾸만 중심을 잃어버렸다.

이거 재미있네.

유현이 허공에서 팔다리를 저으며 헤엄치는 흉내를 냈다. 그런 유현의 머리 너머로 언뜻언뜻 방의 풍경이 비치고 있었다.

너 그래서 감자 캐겠냐.

안 될 것 같은데. 난 밭 한가운데 둥둥 떠 있을게. 응원용 풍선처럼.

웃을 상황이 아니었는데 풋, 하고 웃고 말았다. 나는 한 손에 리드줄을 쥐고 방문을 열었다. 발치에 밤돌이를 앉힌 혜령 씨가 거실에 앉아 작은 소리로 텔레비전을 보고 있었다.

일찍 일어났네요. 와 뭐야, 많이 투명해졌네.

다가온 혜령 씨가 유현을 이리저리 살펴보았다. 밤돌이가 허공에 뜬 유현을 보며 작은 소리로 으르릉거렸다. 어색하니, 나도 어색해. 나는 마음속으로 중얼거렸다. 혜령 씨가 밤돌이의 엉덩이를 툭툭 쳐 달래며 말했다.

곧 여기 마을 분들 오실 거거든요. 난 새참 준비할 테니까 좀 씻고 쉬고 있어요.

어어, 같이 해요.

아니에요. 주방이 좁아서 혼자 하는 게 편해요. 대단한 거 준비할 것도 아니고. 참, 밤돌이 산책이나 시켜 주면 고맙고요.

혜령 씨가 주방으로 갔다. 싱크대에서 물 트는 소리를 듣고서야 왜 혜령 씨가 우리가 일어나길 기다렸는지 깨달았다. 시끄러워 잠을 깰까 봐 그랬구나. 고맙고 미안해져서 잽싸게 유현을 데리고 밤돌이를 앞세워 집을 나갔다. 집 문을 나가자마자 밤돌이는 왕! 큰 소리로 한번 짖더니 와다다다 달려 나갔다. 아직 뜨겁게 데워지기 전인 늦여름 아침의 공기가 청신했다.

날씨 좋다.

그러게. 밭일하기 딱 좋은 날씨네.

그런 말을 한가로이 주고받으며 나는 길 끝에 점처럼 보이는 밤돌이를 향해 천천히 걸었다. 오른손에 쥔 줄 끝에 유현이 흔들거리며 따라왔다. 지금 몇 시쯤 되었을까, 생각하며 휴대폰을 볼까 했다가 그만두었다. 그런 것들은 생각하지 않기로 했다. 단지 저기 멀리 서서 우리를 향해 짖는 누런 개를 따라 걷는 일, 그것만을 하기로. 흙길에 타박타박 발소리가 경쾌했다.

저 앞에서 걸어오는 사람들을 발견한 건 그때였다. 한 무리의 사람들이 이쪽으로 오고 있었다. 여기엔 혜령 씨네 집밖에 없는 것 같은데, 그렇다면 저들이 오늘 감자 캐는 걸 도우러 온다던 마을 사람들일까. 가까이 올수록 그 짐작은 확실해졌다. 저마다 챙 넓은 모자에 팔토시를 하고 손에는 호미를 하나씩 들고 있었으니까. 밤돌이가 그 사람들 주변을 빙빙 돌며 혀를 빼물고 헥헥댔다.

서울 아가씨네 온 사람들인가?

맞네 맞아. 저거 둥둥 떠 있는 거 좀 봐.

어머 진짜네. 정말이네.

여기 사람들은 모두 걸음이 빠른 걸까, 어떻게 해야 할지 생각하기도 전에 그들은 이미 가까이 다가와 있었다. 오십 대쯤 되어 보이는 아주머니가 셋, 그보다 나이가 훨씬 많아 보이는 할머니가 둘이었다. 다들 하나같이 눈을 동그랗게 뜬 채였다. 선두에 선 할머니가 채 인사를 건네기도 전에 손을 쑥 뻗었다. 그러더니 별안간 유현의 팔을 덥석 잡았다.

어머나 세상에 정말로 비눗방울이네!

할머니가 유현을 슥슥 만져 보곤 탄성을 질렀다. 그게 신호라도 된 듯, 모여선 사람들이 유현을 빙 둘러싸고는 저마다 팔꿈치를 꼬집고 손을 쥐어 보기 시작했다.

이래 갖고 며칠이나 가겠어?

감자나 캘지 모르겠다. 호미만 쥐어도 터지겠구만.

어쩌다가 이랬대, 멀쩡한 몸을.

한 아주머니가 혀를 쯧쯧 차자, 다른 아주머니가 옆구리를 쿡 찔렀다.

아이고, 서울 아가씨가 그런 말 하지 말라구 했는데도 그래.

그래도 아깝잖어, 이렇게 훤칠하게 잘생겼는데.

감사합니다.

유현이 씩 웃었다. 뭐가 웃기다고 웃어, 바보같이. 나는 눈을 흘기며 뒤늦은 인사를 했다.

안녕하세요, 이수정이에요.

저는 박유현이고요.

그래, 서울에서 오느라 애썼겠네. 우린 여기 살어요.

우리가 한여름 내내 서울 아가씨 농사 도와줬지.

아주머니들이 한마디씩 했다. 나는 유현의 리드줄을 고쳐 쥐고 아주머니들과 함께 오던 길을 되돌아 걷기 시작했다. 전을 부치는지, 생선을 굽는지 고소한 기름 냄새가 혜령 씨네 집 쪽에서 풍겨 오고 있었다.

아이고, 참 준비하나 보네. 준비 안 해도 된다니까 글쎄.

이 집 아가씨가 이렇게 착해. 신세 지는 거 못 참어하고.

그 내외도 정말 착한 사람들이었어. 아깝게 갔지 그래.

그렇구나, 이 사람들은 혜령 씨의 부모님을 아는 사람들이겠구나. 나는 마치 자기 집인 양 자연스럽게 평상에 줄지어 앉는 아주머니들을 바라보며 생각했다. 그분들은 어떤 사람들이었을까, 사실 혜령 씨를 보면 그냥 알 수 있다, 좋은 분들이었으리라는 것을. 그렇다면 유현은 어떤 사람으로 기억될까. 나는 괜히 등을 곧게 폈다. 이윽고 음식 쟁반을 솜씨 좋게 머리에 인 혜령 씨를 앞세워 감자밭으로 줄지어 걸어갈 때까지도 나는 그 똑바른 자세를 유지하고 있었다. 한 손에는 호미를, 다른 손에는 유현을 맨 줄을 잡은 채로 가슴을 쭉 펴고 당당하게. 세상 어떤 슬픔이라도 당해낼 준비가 된 사람처럼.

아주머니들과 혜령 씨가 밭이랑에 덮은 검은 비닐을 걷어내는 동안, 나는 밭 옆에 서 있는 낮은 아까시나무 기둥에다 유현의 리드줄을 잘 묶어 두었다. 그 옆에 새참이 든 쟁반을 덮어 두고 돌아와 합류했다. 이불을 털듯 양쪽에서부터 비닐을 걷었고 걷은 비닐을 구석에 모아 둔 뒤엔 미리 약속이라도 한 것처럼 각자 밭이랑을 하나씩 맡았다.

잘 봐요, 시범을 보여 줄게요.

옆으로 다가와 쪼그려 앉은 혜령 씨가 말했다. 그러고는 감자 줄기 하나를 대뜸 휘어잡고 그 아래의 땅을 호미로 푹 내리찍었다. 그대로 긁어내자 거짓말처럼 주먹만 한 감자가 데구르르 굴러 나왔다. 우와! 나는 나도 모르게 탄성을 질렀다. 혜령 씨가 웃으며 목장갑을 긴 손으로 감자를 주워 위쪽 밭골로 던졌다.

알겠어요?

네. 할 수 있을 것 같아요.

천천히 해요. 호미에 손 다치지 말고.

혜령 씨가 일어나 다른 이랑으로 갔다. 나는 방금 본 것을 마음속으로 반복했다. 왼손으로 줄기를 잡고 오른손에 쥔 호미를 몸 쪽으로 당기며 땅을 파기, 줄기는 내버려 두고 캐낸 감자는 모아서 밭이랑 위에 두기. 나는 심호흡을 한 뒤 감자 줄기를 쥐고 호미를 땅에 박았다. 너무 얕게 박았는지 첫 번째 호미질에는 땅만 긁혀 나왔을 뿐 감자는 없었다. 에잇, 좀 더 깊게 호미를 넣었다. 호미 날을 몸 쪽으로 당기자 오른팔로 흙의 무게가 뻐근하게 느껴졌다. 부드러운 줄다리기를 하는 기분이었다. 행여 감자가 다칠까 조심스럽게 호미를 당기니, 이윽고 촉촉한 땅이 갈라지며 드디어 푸릇한 감자 알이 드러났다. 와아! 나는 호미로 주변의 흙을 치운 뒤 감자들을 주워 모았다. 커다란 감자가 하나, 둘, 셋, 그리고 작은 감자들이 두셋 더 딸려 나왔다. 그것들을 양손으로 모아다가 위쪽 밭이랑에 던졌다.

응, 잘하고 있네.

감자가 떨어지는 기세에 앞 이랑을 맡은 아주머니가 돌아보며 웃었다. 분명 동시에 시작했는데 아주머니는 벌써 사오 미터나 떨어져 있었다. 나도 분발해야지, 옆걸음으로 쪼작쪼작 움직여 다음 감자로 향했다. 한번 해 봤다고 그새 익숙해진 손놀림으로 이번엔 기세 좋게 푹 호미를 박아 넣었다. 튼실한 감자가 다그르르 굴러 나왔다. 좋아, 이대로 계속하면 되는 거지. 나는 목에 두른 수건을 고쳐 매고 본격적으로 집중했다.

줄기를 쥐고 호미를 땅에 박고, 감자를 캐내서 던지고. 다시 한 번 줄기를 쥐고, 호미를 땅에 박고…….

이상한 일이었다. 그저 이 단순한 일을 반복하고 있을 뿐인데 어느새 나는 무진장 집중하고 있었다. 마치 이 세상에 감자와 나만 남은 것처럼. 그랬다, 유현도, 혜령 씨도, 곧 벌어질 일들과 찾아올 슬픔도 모두 사라지고 단지 이 땅속에 파묻힌 감자들과 나만이 있었다. 여름 내내 혜령 씨와 이 땅이 구슬땀을 흘리며 함께 키워 낸 감자알들을 캐내는 일, 그것만이 나에게 주어진 일이었다. 나는 눈도 깜박이지 않고 일했다. 어느새 쨍쨍해진 햇빛이 푹 숙인 목덜미를 달달 굽는 것이 느껴졌지만 신경 쓰이지 않았다. 아니, 오히려 기쁜 것 같기도 했다. 나는 일하는 사람의 목덜미를 갖게 될 거야. 올해 내내 새까만 목을 당당하게 내보이며 다닐 거야. 눈으로 흘러 들어가는 땀을 팔토시로 찍어내며 나는 생각했다.

그러다 문득 고개를 들었을 때, 나는 아까시나무에 묶인 채 여름 바람에 산들산들 흔들리는 유현을 보았다. 반투명한 유현의 몸을 통과한 햇빛이 꼭 물결에 비친 빛처럼 그 아래쪽으로 일렁이고 있었다. 부드럽게 풀린 유현의 얼굴이며 편안하게 허공에 놓인 팔다리가 하늘을 향했다. 몸속의 공기를 따뜻하게 데우고 있는 것 같은 모습이었다. 그 모습을 잠시 바라보다가, 나는 다시 감자 줄기를 쥐었다. 마음 깊이, 기쁘다는 생각이 들었다. 저렇듯 평화로운 마지막을 보낼 수 있게 해 주어서. 마지막으로 보는 유현의 얼굴이 저런 얼굴일 수 있어서.

부디 유현을 힘들게 했던 모든 것이 사라지기를 그리고 나도 언젠가는 유현을 잊을 수 있게 되기를. 소망하며 나는 감자 줄기를 쥐었다. 힘껏 호미를 내리찍었다. 부드러운 땅이 폭

닥, 소리내며 열렸다.

그리하여 혜령 씨의 감자밭 수확이 끝난 것은 꼬박 사흘 뒤의 일이었다.

초보자 하나와 전혀 도움이 되지 않는 비눗방울 인간 하나가 섞여 있다곤 하지만, 도합 여덟 명이 삼 일 내내 온종일 달라붙은 결과였다. 전혀 지친 기색이 없는 아주머니들과 달리 나와 혜령 씨는 완전히 기진맥진하고 말았다. 그래도 수확은 푸지고 대단했다. 준비한 포대 자루에 감자를 꽉꽉 채워 담고도 포대가 모자라, 아주머니들이 각자의 집에서 양동이와 대야 따위를 가져와야 했으니까. 물론 거기에 감자를 가득 채워 준 건 당연했고, 그러고도 혜령 씨는 트럭을 몰고 다니며 각자의 집에 두어 포대씩의 감자를 부려 놓았다. 허리를 꺾으며 감사했다는 인사를 하는 것도 잊지 않았다.

아이고, 얼굴이 새빨갛게 탔네.

아주머니 한 분이 내 얼굴을 만지며 말했다.

감자를 갈아서 밀가루 좀 넣고 얹어 봐. 햇빛에 익은 데엔 직빵이니까 응?

알겠어요, 꼭 할게요.

나는 웃으며 대답했다.

짐칸을 다 비우고 돌아오자 날이 어둑해지고 있었다. 트럭을 세워 놓은 혜령 씨가 엇차, 하며 내렸다.

일단 씻고 와요, 저녁은 햇감자 쪄 먹으려니까.

혜령 씨가 담배를 한 대 물며 말했다.

그리고 참외, 참외 먹어야지.

유현이 촐싹거리며 덧붙였다. 혜령 씨와 나는 동시에 유현을 쌔려보았다.

아무것도 안 하고 햇빛이나 쬐고 있던 게 먹을 건 제일 밝히네.

그러게나 말이에요. 말이나 못 하면.

그러면서도 혜령 씨가 밭일을 끝내자마자 잊지 않고 참외 세 알을 따 두는 걸 보았다는 말은 하지 않았다. 나는 혜령 씨가 담배를 피우는 동안 집으로 들어가서 몸을 씻었다. 흙투성이가 된 머리를 박박 감고 따끔따끔한 팔다리를 찬물로 문지르니 한결 살 것 같았다. 물이 뚝뚝 떨어지는 머리에 수건을 두르고 나오니 벌써 집 안에는 감자 삶는 냄새가 가득했다.

혜령 씨도 씻어요. 나머지는 내가 할게요.

그럴까요, 그럼.

혜령 씨가 욕실로 들어갔다. 나는 김이 칙칙 오르는 압력솥을 바라보다가, 문득 생각난 듯 냉장고를 열어 보았다. 나무 바구니에 든 참외 세 알이 오롯이 놓여 있었다. 괜히 조심스럽게 손을 뻗어 그것을 만져보았다. 매끄럽고 단단하고 향기로웠다.

맛있겠지.

나는 소파 팔걸이에 묶어 둔 유현을 돌아보았다. 허공에 둥둥 뜬 반투명한 유현이 나를 보며 웃고 있었다. 나도 대답 대신 씩 웃어 보였다. 만용일까, 그러자 모든 게 괜찮을 것만 같았다. 찐 감자 냄새가 가득한, 압력솥의 추가 치키치키 소리 내며 돌아가는 이 집에서라면. 먹어 보진 않았지만 분명 달콤할 참외를 함께 먹는다면.

이윽고 돌아가는 추가 멈추고 혜령 씨가 욕실에서 나왔다. 나는 압력솥을 열었다. 김을 펄펄 뿜어내는, 껍질이 갈라지고 터진 굵직한 감자를 쟁반에 옮겨 담았다. 냉장고의 참외와 과도를 챙기는 것도 잊지 않았다. 그러는 동안 혜령 씨가 유현의 리드줄을 풀었다. 나는 쟁반을 들고, 혜령 씨는 유현을 데리고 약속이나 한 듯 평상으로 나갔다. 밤돌이가 타박타박 발톱 소리를 내며 따라 나왔다.

자, 그럼 먹어 볼까요.

혜령 씨가 둥글게 감긴 모기향에 불을 붙여 우리 양쪽으로 하나씩 놓았다. 짧은 여름해가 저물어 어느새 주변은 어둑해져 있었다. 길게 올라가는 모기향의 연기를 응시하는 유현을 통해 혜령 씨가 건너다보였다.

참외는 제가 깎을게요.

나는 과도와 참외를 집어들었다. 아까운 과육이 베어져 나가지 않도록 조심조심 껍질을 벗겨내고 세로로 네 등분하여 잘랐다. 그러는 동안 혜령 씨는 포크로 감자를 쪼개 식혀 두었다. 이윽고 참외와 감자가 준비되었다. 혜령 씨가 참외 조각을 찍은 포크를 나와 유현에게 하나씩 쥐여 주곤 자기도 하나 집었다.

자아, 그동안 감자 캐느라 수고 많으셨습니다.

혜령 씨도 수고했어요. 그리고 유현이도.

그래, 유현이도 수고했어.

살아 있느라, 살아가느라. 나는 남은 말을 꿀꺽 삼켰다. 그리고 참외를 한 입 베어물었다. 입안으로 왈칵 퍼지는 단 향기, 놀랄 만큼 아삭한 과육과 이 단맛. 저절로 눈이 동그랗게 떠지는 맛이었다. 맛있어! 나는 혜령 씨와 유현의 얼굴을 번갈아 쳐다보았다. 오물오물 입을 움직이는 두 사람이 모두 같은 얼굴을 하고 있어서 웃음이 났다. 그래, 유현은 이 맛을 보고 싶었구나. 과연 세상에서 마지막으로 먹고 싶을 만한 맛이로구나.

그리고 그다음 순간이었다, 옆에서 퐁 하는 소리가 난 것은.

너무 순식간이라 언제 어떻게 일어났다고도 말할 수 없을 만큼 찰나의 일이었다. 유현을 묶었던 리드줄이 바닥으로 스르르 떨어져내렸다. 나도 모르게 앗, 소리내며 옆을 돌아보았는데 유현은 없었고 깜짝 놀란 얼굴을 한 혜령 씨와 눈이 마주쳤다. 우리는 잠시 그렇게 서로를 바라보고 있었다. 분명 방금 전까지만 해도 여기 있었는데, 말하고 생각하고 웃는 유현이. 나는 유현이 떠 있던 평상 위를 손으로 쓸었다. 아무런 흔적도 남아 있지 않았다.

그야말로 경쾌하게도, 퐁.

참, 말도 없이 가네요.

혜령 씨가 쓸쓸하게 중얼거렸다. 하지만 나는 분명 들은 것 같다고 생각했다. 응 이제 됐어, 하고 낮게 중얼거리는 유현의 목소리를.

네가 됐다면 나도 됐어. 나는 마음속으로 중얼거리며 찐 감자를 입안 가득 물었다. 볼이 떨어져 나갈 것처럼 뜨거웠지만 꾹꾹 씹어 꿀꺽 삼켰다. 뜨거운 것이 배 속에 가득 차는 기분, 그것이 지금 내게는 가장 중요한 것이었다.

출처: 이유리, 「비눗방울 퐁」, 『비눗방울 퐁』(민음사, 2024)

여름에 더 좋은 소설

WATER PROOF BOOK

✦ ✦ ✦ ·

1판 1쇄 찍음	2025년 6월 13일
1판 1쇄 펴냄	2025년 7월 18일
지은이	박솔뫼, 이유리
발행인	박근섭, 박상준
펴낸곳	(주)민음사
디자인	오이뮤(OIMU)
출판등록	1966. 5. 19. 제16-490호
	서울특별시 강남구 도산대로1길 62(신사동)
	강남출판문화센터 5층 06027
대표전화	대표전화 02-515-2000
팩시밀리	팩시밀리 02-515-2007

www.minumsa.com
© (주)민음사, 2025. Printed in Seoul, Korea

ISBN 978 89 374 2277 5 04810
ISBN 978-89-374-2275-1 04810 (세트)